Este libro pertenece a

_____

Cuentos clásicos

Leer, jugar y aprender

Cuentos clásicos
Leer, jugar y aprender

La Bella Durmiente
El gato con botas
Caperucita Roja
El patito feo

pirueta

Primera edición: mayo de 2010

© 2004 Editorial Sol 90, S.L. Barcelona
© De esta edición 2007, Libros del Atril, S.L.
   Avda. Marquès de l'Argentera, 17 pral.
   08003 Barcelona
   www.piruetaeditorial.com

Impreso por EGEDSA
Rois de Corella, 12-16, nave 1
08205 Sabadell (Barcelona)

ISBN: 978-84-92691-80-7
Depósito legal: B. 13.547-2010

Idea y concepción de la obra: **Editorial Sol 90, S.L.**
Coordinación editorial: **Emilio López**
Adaptación literaria: **Emilio López y Alberto Szpunberg**
Diseño: **Jennifer Waddell**
Diseño de cubierta: **Blanca Marqués**
Ilustración de cubierta: **Roger Olmos**
Actividades didácticas: **Rosa Salvía**
Diagramación: **Teresa Roca**

La Bella Durmiente

Basado en el cuento de
Charles Perrault

Ilustrado por Sergio Kern

En un país lejano nació una linda princesita.
Para el feliz acontecimiento, los reyes
organizaron en su castillo una gran fiesta a la
que invitaron a las tres hadas buenas del reino,
que fueron elegidas como madrinas de la niña.

La reina obsequió a cada una de ellas con un
cofrecillo hecho de oro y diamantes. Y en señal
de agradecimiento las tres hadas otorgaron un
don extraordinario a la princesita.

La primera hada dijo: "Serás la más bella
de todas las princesas que jamás existieron".

La segunda anunció: "Tendrás la voz más
dulce que pueda imaginarse".

Y la tercera expresó: "Serás la más graciosa
y alegre de todas las niñas del mundo".

Pero, de repente, la alegría de aquel mágico momento se rompió: ¡Un hada fea y malvada entró a la sala del castillo!

Furiosa por no haber sido invitada a la fiesta, el hada malvada lanzó sobre la princesita una terrible maldición:

–¡Cuando cumplas quince años te pincharás con una aguja y... morirás!

Y después de pronunciar aquellas terribles palabras el hada malvada desapareció envuelta en una nube tan negra como su alma.

–¡Oh, qué destino tan triste! ¡Pobre hija mía! –se lamentaba la reina.

–No se aflijan, majestades –dijo entonces
una de las hadas buenas–. Si me lo permiten,
intentaré deshacer el hechizo.

Entonces, el hada se acercó a la cunita donde
dormía la niña y, agitando varias veces su varita
mágica sobre ella, formuló un largo sortilegio.

Y cuando por fin lo hubo acabado se acercó
a los reyes y, con voz dulce, les dijo:

–Majestades, no he podido romper del todo
el hechizo del hada malvada. Vuestra hija
se pinchará con una aguja, pero no morirá.
Dormirá un largo y profundo sueño y, pasados
100 años, un apuesto príncipe la despertará.

El rey, muy asustado, ordenó de inmediato
que se quemaran todas las agujas del reino.
¡Ni una sola aguja debía salvarse del fuego!
¡Nadie volvería a coser en aquel reino!

Decenas de pajes reales fueron enviados a todos
los rincones de aquella tierra para leer la orden
del rey. No quedó ciudad, pueblo o aldea, por
más lejana o apartada que estuviera, que no
recibiera la visita de aquellos mensajeros reales.

Y una vez que los heraldos cumplieron su
misión, el rey, muy satisfecho, le dijo a la reina:

—Ya no has de temer nada, amada esposa.
El fuego ha destruido todas las agujas
del reino. Nuestra hijita jamás se pinchará
con ellas y vivirá alegre y feliz por siempre.

Pasaron quince años sin que nada ocurriese. En ese tiempo la pequeña princesa se convirtió en una joven muy bella. Sus ojos eran azules como el agua del mar y su larga cabellera rubia brillaba como el oro.

Y es que, tal como anunciaron sus tres hadas madrinas, la princesa era dueña de dones maravillosos y extraordinarios.

Su voz era más dulce que la de un ruiseñor, y la simpatía que mostraba con su familia y con todos la hicieron merecedora del amor y del cariño de los habitantes de aquel reino.

–¡Larga vida a la princesa, larga vida a la princesa! –exclamaban cuando la veían pasar con su comitiva de damas y doncellas.

Pero el día que cumplió quince años, la princesa recibió una extraña visita. Una adorable anciana entró a la habitación de la joven y le dijo:

–Alteza, sé que hoy es vuestro cumpleaños y me gustaría hacerle un regalo. Pero para ello debe acompañarme a cierto lugar.

La anciana condujo a la princesa a la torre más alta del castillo, donde había un pequeño desván que todos creían deshabitado.

En él encontraron a una costurera que cosía con aguja e hilo... ¡Aquella mujer nunca había oído hablar de las órdenes del rey!

La labor de la costurera despertó la curiosidad de la joven princesa, pues nunca hasta entonces había visto coser a nadie.

–¡Qué divertida tarea! –exclamó la princesa acercándose a la costurera–. ¿Puede mostrarme cómo lo hace?

La costurera, que era muy amable, le cedió a la princesa la aguja, pero nada más tomarla en su mano se pinchó en un dedo y cayó al suelo, quedando sumida en un profundo sueño.

¡Pobre princesa! ¡La terrible profecía del hada malvada se había cumplido!

–¡Ja, ja, ja, ja! –una espantosa carcajada resonó entonces en aquel desván.

Aquella anciana que la princesa creía adorable era... ¡El hada malvada!

Los reyes cayeron en una profunda tristeza, pues tal como les había dicho una de las hadas buenas su hija no despertaría hasta pasados 100 años.

Con todo el dolor de su corazón, el rey ordenó que llevaran el cuerpo dormido de su hija a la mejor habitación del castillo.

Los pajes reales la acostaron en un suntuoso lecho de plata y zafiros para que la pobre princesa durmiera su largo y profundo sueño.

Y, cada noche, la reina iba a velar el sueño de su querida hija.

–¡Pobre niña mía! –susurraba entre sollozos la desconsolada madre.

Cierto día, el hada buena se presentó
por sorpresa en el castillo real.

–Majestades, he tenido una idea –les dijo
a los reyes–. Para que vuestra hija no
se encuentre sola en su largo sueño haré
un encantamiento para que los habitantes
del castillo duerman durante cien años
y despierten cuando la princesa
abra los ojos.

Y dicho esto, el hada buena dio unos pases
mágicos con su varita y, al instante,
todos los habitantes del castillo quedaron
profundamente dormidos.

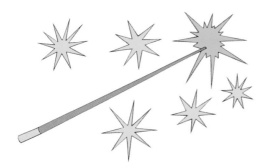

El tiempo se detuvo en el castillo. Las agujas de los relojes cesaron de girar y un gran silencio se adueñó del lugar.

Poco a poco, una densa selva de hierbas y arbustos tomó el castillo y un espeso bosque creció a su alrededor. La hiedra trepaba por las murallas cubriendo puertas y ventanas, y miles de flores silvestres formaron un hermoso jardín donde sólo se oía el canto de los pajaritos.

Mientras tanto, los habitantes del castillo soñaban que un príncipe encontraba a la Bella Durmiente y la despertaba con un dulce beso.

Pasaron cien años hasta que, un día,
un joven y apuesto príncipe que intentaba
cazar a un jabalí pasó cerca de allí.

Tratando de huir, el animal se internó
en la espesura del bosque. Entonces,
el joven desmontó de su hermoso caballo
blanco y empuñó su espada. Y, abriéndose
paso entre la maleza, fue en busca del jabalí.

De repente, cuando apartaba con su fuerte
brazo un gran arbusto, vio un enorme
castillo oculto por árboles y matorrales.

Y con paso resuelto avanzó hacia él.

¡Qué gran sorpresa se llevó el joven cuando entró al castillo! En las escaleras, en el patio, en los pasillos... ¡todos dormían!

"Qué extraño. Esto parece obra de un encantamiento", pensó.

Y, llevado por una extraña intuición, subió las escaleras que conducían a una de las habitaciones principales del castillo.

Y lo que vio allí lo dejó asombrado: ¡Una joven bellísima dormía plácidamente en una linda cama de plata y zafiros!

El príncipe contempló aquel bello
rostro y, obedeciendo a un impulso
de su corazón, tomó la mano de
la joven y la besó tiernamente.

Entonces, la bella princesa despertó
de su largo sueño.

¡El beso del príncipe había roto
el maleficio del hada malvada!

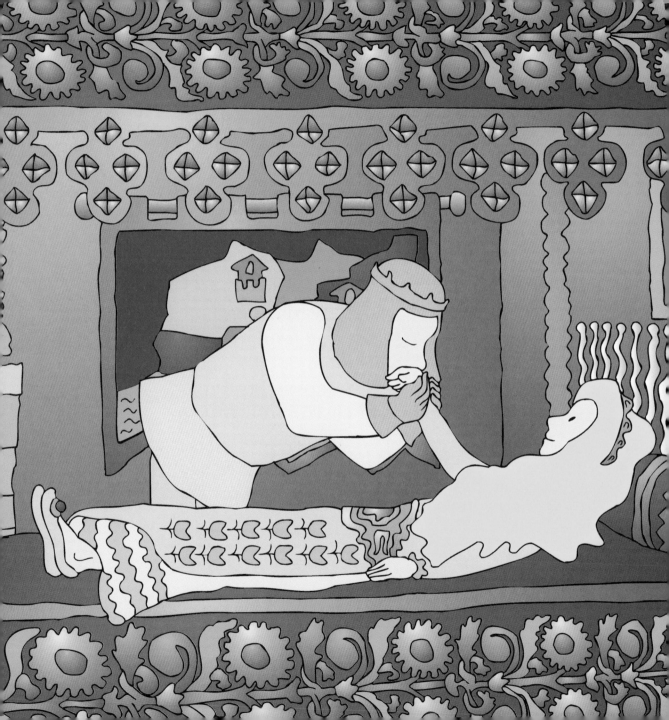

Y en ese momento todos los habitantes
del castillo despertaron, tal como había
anunciado el hada buena.

El rey y la reina corrieron a abrazar
a su hija, mientras que los pajes,
las sirvientas, los guardias y los cocineros
del castillo bailaban y cantaban
muy contentos.

De repente, los relojes, que habían
permanecido parados un siglo, volvieron
a marcar las horas, y el espeso bosque
que había ocultado el castillo durante
ese largo tiempo desapareció como
por arte de magia.

¡El castillo entero había despertado
de su horrible pesadilla!

Al día siguiente, las campanas del reino
redoblaron alegres anunciando la boda
del príncipe y la princesa.

Y así fue como, después de haber dormido 100
años, aquella joven y dulce princesa fue feliz
con el apuesto príncipe que la había despertado.

fin

Actividades

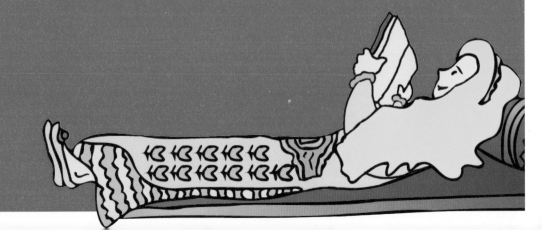

Ordena las sílabas

Ordena correctamente las sílabas y obtendrás 4 adjetivos. Luego relaciónalos con las palabras de la derecha.

no	tier

to	pues	a

liz	fe

lla	be

_____ princesa

_____ beso

_____ príncipe

_____ pareja

El crucigrama

Lee las frases atentamente y escribe las soluciones en las casillas numeradas.

Horizontales

(1) La Bella Durmiente era una...
(2) La madre de la princesita era...
(3) Las tres madrinas de la niña eran eso.

Verticales

(1) Besó a la Bella Durmiente.
(2) Los años que durmió la princesa.
(3) Con una se pinchó en el dedo y se quedó dormida.

¿Recuerdas?

No te resultará difícil contestar a estas preguntas si recuerdas bien lo que sucede en el cuento. Marca con una cruz la respuesta correcta.

(1) ¿En qué consiste la maldición del hada malvada?

Que la princesa se pinche con una aguja y muera.

Que al cumplir los quince años se convierta en un sapo.

Que un ogro la bese a los quince años.

(2) El hada buena rompe el hechizo y la princesa...

Se cae por las escaleras y se rompe una pierna.

Duerme durante cien años.

Se hace costurera.

(3) ¿Qué hace el rey para evitar la maldición del hada mala?

Persigue a todos los ogros del reino.

Encarcela a las costureras y los sastres del reino.

Ordena quemar todas las agujas.

Una adivinanza
Soy alta y delgada y sólo tengo un ojo.
Hago vestidos, pero no me los pongo.
¿Qué cosa soy?

(4) ¿Quién es realmente la anciana que visita a la princesa?

☐ El príncipe encantado

☐ El hada malvada

☐ La reina disfrazada

(5) El hada buena hace un encantamiento a los habitantes del castillo...

☐ Para que duerman cien años como la princesa

☐ Para que puedan despertar a la princesa con un beso

☐ Para que se transformen en sapos

(6) ¿Cómo rompe el maleficio el apuesto príncipe?

☐ Pinchando con una aguja la pierna de la joven

☐ Besando la mano de la Bella Durmiente

☐ Colocando una rosa roja sobre el pecho de la princesa

Mis amigos, los **animales**

Descubre el nombre de cada animal y anota si es doméstico o salvaje donde corresponda.

¿Sabías que..?
Los animales domésticos se crían y viven en compañía de las personas y dependen de ellas para subsistir. Los animales salvajes, en cambio, viven libres en su entorno natural.

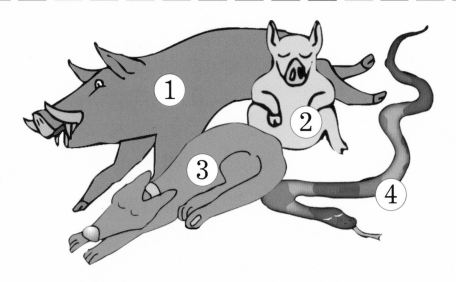

1. El _____ es un animal _____

2. El _____ es un animal _____

3. El _____ es un animal _____

4. La _____ es un animal _____

5. El _____ es un animal _____

Lección de anatomía

Escribe en los cuadros en blanco estas 5 partes de un caballo: **CRIN**, **COLA**, **GRUPA**, **PECHO** y **CASCOS**.

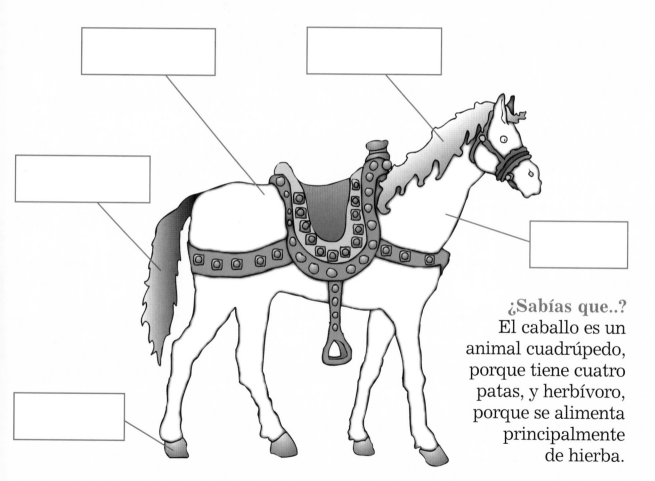

¿Sabías que..?
El caballo es un animal cuadrúpedo, porque tiene cuatro patas, y herbívoro, porque se alimenta principalmente de hierba.

Completa

Al copiar este fragmento de la página 10 han volado algunas palabras rebeldes. ¿Puedes volver a colocarlas en su sitio?

Furiosa por no haber sido invitada a la fiesta, el _____ malvada lanzó sobre la _____ una terrible _____ :

–¡Cuando cumplas quince años te pincharás con una _____ y... morirás!

Y después de pronunciar aquellas terribles palabras el hada malvada desapareció envuelta en una _____ tan negra como su alma.

aguja

maldición

nube

hada

princesita

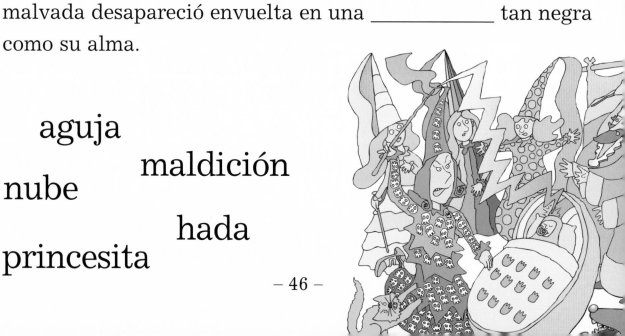

El gato con botas

Basado en el cuento de
Charles Perrault

Ilustrado por Lancman Ink.

Había una vez, en un curioso reino, un molinero muy pobre que, a punto de morir, repartió sus únicos bienes entre sus tres hijos:

–El mayor recibirá el molino; el segundo, el burro, y el tercero, como no me queda más que repartir, el gato.

–¿El gato? –se sorprendió el hermano menor.

–No soy poca cosa, mi amo –maulló, ofendido, el gato–. Soy muy inteligente.

–Vosotros dos –se lamentó el pequeño–, con el molino y el burro, podréis seguir produciendo harina, pero yo...

–No te preocupes... –le contestaron sus hermanos–. Donde comen dos, comen tres...

El más joven, sin embargo, no podía conciliar el sueño. Y es que el chico estaba muy preocupado por su futuro.

Pero una noche, el gato trepó a la cama de su dueño, llegó hasta la almohada, y le susurró al oído:

–Duerme tranquilo, querido amo...
Yo te ayudaré...

Al día siguiente, el gato fue hasta el trastero
y se calzó unas viejas botas, se echó al hombro
una bolsa y se marchó al campo.

A mitad del camino, metió un manojo de hierba
en la bolsa y la dejó entreabierta entre los
matorrales. Luego, se acostó sobre la tierra
y se hizo el dormido.

En menos que canta un gallo, dos conejillos
se metieron en la bolsa, atraídos por el delicioso
olor de la hierba. Pero el gato, que era muy astuto,
pegó un salto, tiró de los cordones y, con la bolsa
bien cerrada al hombro, reanudó su camino.

Después de caminar un buen rato, llegó al palacio del rey y se presentó al guardián de la puerta.

–Soy el gato con botas, y me envía mi amo, el marqués de Carabás –se inventó–. Necesito hablar con Su Majestad. Mi amo le envía un regalo...

Y como lo que más le gustaba a Su Majestad era recibir regalos, el guardián concertó rápidamente la entrevista.

–¡Oh, Majestad! –le dijo el gato con botas al rey–.
Me envía el marqués de Carabás, mi amo. Quiere
que os entregue este presente: dos conejillos para
vuestro criadero, tan famoso en todo el mundo...

El rey, que estaba maravillado de ver a un gato
con botas, se frotó las manos con gran alegría
y exclamó:

–¡Gracias, mil gracias! ¡Transmítele al marqués
de Carabás mi agradecimiento!

El gato con botas repitió la misma operación varias veces, hasta que, un día, el rey le dijo:

—Dile a tu amo, el marqués de Carabás, que me encantará conocerlo cuanto antes...

Convertido ya en amigo del guardián de la puerta, el gato con botas se enteró de que el domingo al mediodía el rey iría a pasear con su hija por la orilla del río.

En cuanto supo la noticia, el gato salió pitando para ver al hijo menor del molinero.

—Este domingo, al mediodía, debes bañarte en el río... —le dijo—. Y no te olvides: de ahora en adelante, yo soy el gato con botas y tú el marqués de Carabás... ¿lo has entendido, amo?

El domingo al mediodía, el hijo menor
del molinero fue al río, se quitó la ropa
y se zambulló en el agua, que, por cierto,
estaba muy fría.

El gato con botas fue hasta el lugar donde
su amo había dejado la ropa y la guardó
en la bolsa. Después, esperó a que el carruaje
real se acercara y comenzó a gritar:

–¡Socorro! ¡Socorro! ¡Mi señor, el marqués
de Carabás, se está ahogando!

Al oír los gritos, el rey asomó la cabeza y reconoció al gato con botas. De inmediato, ordenó a sus guardias que auxiliasen al marqués de Carabás. Y mientras que los guardias sacaban al joven del agua, el gato con botas se acercó al rey y le dijo:

–Gracias, Majestad, mil gracias... Pero, por lo visto, en el tumulto, algunos ladrones le han robado a mi amo la ropa...

Entonces, el rey ordenó a sus guardias que fuesen a buscar las más bellas vestimentas para el marqués de Carabás.

La princesa quedó maravillada cuando vio a su lado a un joven tan apuesto y tan bien vestido.

–Marqués de Carabás –exclamó el rey–, quiero agradeceros los presentes que me enviasteis y presentaros a la princesa, mi hija...

La princesa tembló al extender la mano, y el hijo menor del molinero se puso más pálido que la harina al besar la mano de la princesa.

–Ahora –grito contentísimo el rey–, ¡vayamos todos al palacio!

El gato con botas se adelantó al séquito y corrió por el campo, diciendo a los campesinos:

–Escuchadme: si os preguntan de quién son estas tierras, decid que pertenecen al marqués de Carabás... Si no lo hacéis, los gatos del reino dejaremos de perseguir a los ratones y los cultivos se arruinarán...

–Pero... –decían temerosos los campesinos–, estas tierras pertenecen al Gran Ogro, para quien trabajamos...

–No os preocupéis –les contestaba el gato con botas–, yo me encargo de él...

Entre tanto, el séquito real avanzaba. Desde su carroza, el rey observaba los campos rebosantes de trigo. Maravillado, enviaba a sus hombres a que preguntasen a quién pertenecían tan ricas tierras. Todos los campesinos contestaban:

–Estas tierras son del marqués de Carabás...

El rey, orgulloso de tener a su lado un huésped tan rico, no dejaba de felicitar al marqués. Éste, en cambio, sólo tenía ojos para la princesa.

Ni corto ni perezoso, el gato con botas se encaminó hacia el castillo del Gran Ogro.

Una vez más, ser un gato y calzar botas fascinó a los guardias. Pronto estuvo ante el Gran Ogro.

–No quería pasar junto a vuestro castillo sin saludaros… –hizo una reverencia–. Según cuentan, sois capaz de convertiros en el animal más terrible del mundo…

Vanidoso como él solo, el Gran Ogro respondió:

–Por supuesto que soy capaz…

Y rápidamente se convirtió en un león. El gato
con botas se pegó un susto de campeonato
cuando aquel animal soltó su primer rugido.
Con habilidad felina, trepó a un armario
y desde allí alcanzó a decir:

–Os podéis convertir en el animal más terrible
del mundo, pero no en el más grande…

En un santiamén, el Gran Ogro se convirtió
en un gigantesco elefante. El gato con botas
se acercó a una de las inmensas orejas y dijo:

–Sí, Gran Ogro, os podéis convertir en el animal
más terrible del mundo y también en el más
grande, pero no en el más pequeño...

No había terminado de hablar cuando el Gran
Ogro se convirtió en un pequeñísimo ratón.
El gato con botas no tuvo problemas para
cazarlo y encerrarlo en su bolsa.

Cuando el cortejo real estaba a punto de pasar frente al castillo del Gran Ogro, el gato con botas se cruzó en el camino.

–Oh, Majestad… –exclamó–. ¡Bienvenido al castillo del marqués de Carabás!

–¿Cómo? –El rey, asombrado, se dirigió al marqués–: ¿También este castillo os pertenece?

El hijo del molinero no salía de su asombro. Gracias a aquel gato, en pocos días había cambiado su suerte. Y, sobre todo, estaba enamorado de una princesa guapísima.
El rey, que era un lince para darse cuentas de estas cosas, le dijo:

–Sólo dependerá de vos, señor marqués, que seáis mi yerno.

La boda entre el marqués de Carabás
y la princesa no tardó en celebrarse.
Así llegó el día en que, al morir el rey,
el marqués de Carabás heredó el trono.

Los hermanos del marqués se instalaron
en el palacio, y el gato con botas se
convirtió en primer ministro.

Lo primero que hizo el gato fue pedirle
al Gran Ogro que se convirtiese en su amigo.
Y   el Gran Ogro aceptó encantado.

fin

Actividades

¡Vaya desorden!

Reconstruye las siguientes palabras que aparecen en el cuento, ordenando correctamente sus letras.

g d o i u r = _____

o l m i o n = _____

s r a é m q u = _____

o t a g = _____

Una adivinanza
¿Qué animal de buen olfato,
cazador dentro de casa,
rincón por rincón repasa
y lame, si pilla, un plato?

¿Quién lo ha dicho?

Relaciona el personaje con la frase que ha pronunciado. Para ello, escribe en el círculo en blanco el número que corresponda.

1. Por supuesto que soy capaz...

2. Duerme tranquilo, querido amo... Yo te ayudaré...

3. El mayor recibirá el molino...

4. ¡Transmítele al marqués de Carabás mi agradecimiento!

¿Recuerdas?

Lee atentamente estas preguntas relacionadas con el cuento y marca con una cruz la respuesta correcta.

(1) ¿Qué deja el molinero al mayor de sus hijos?

☐ Un apartamento en la playa.

☐ Un molino.

☐ Una colección de cuentos.

(2) ¿En qué animal se transforma el Gran Ogro la primera vez?

☐ En un león.

☐ En un ratón.

☐ En un gato.

(3) ¿Qué le regala el gato con botas al rey?

☐ Una pluma de plata.

☐ Dos caballos.

☐ Dos conejillos.

– 84 –

El crucigrama

Lee las frases atentamente y escribe las soluciones en sus correspondientes casillas numeradas.

Horizontales

(1) Las lleva puestas el gato.

(2) Se transformó en ese animal y el gato lo cazó.

(3) A este personaje le gusta mucho recibir regalos.

Verticales

(1) Le llamaban el Gran...

(2) El marqués de...

(3) El ogro se convirtió en ese fiero animal.

Ordena la historia

Como ya conoces la historia de *El gato con botas*, te será fácil numerar las ilustraciones por el orden en que aparecen en el cuento.

¿En el mismo saco?

¿Cuáles de estos animales caben en el saco que lleva el gato con botas? Escribe el número correspondiente sobre el saco.

① ② ③ ④ ⑤ ⑥

Completa

Al copiar este fragmento de la página 62 han volado algunas palabras rebeldes. ¿Puedes volver a colocarlas en su sitio?

El gato con _____ fue hasta el lugar donde su

_____ había dejado la ropa y la guardó en la

_____. Después, espero a que el _____

real se acercara y comenzó a gritar:

–¡Socorro! ¡Socorro! ¡Mi señor, el marqués de _____,

se está ahogando!

amo

carruaje

Carabás

botas

bolsa

Caperucita Roja

Basado en el cuento de
Charles Perrault

Ilustrado por Alejandra Viacava

En tiempos de Maricastaña vivía una mujer
que cosía unos vestidos preciosos.

El día en que su hija cumplió ocho años,
aquella excelente costurera le regaló
una capa roja la mar de elegante.

–¡Qué capa más bonita! –exclamó la niña
emocionada–. Muchas gracias, mamá.
Te prometo que siempre la llevaré puesta.

Y así fue. Todos los días, la niña salía
vestida con su flamante capa roja.

Al verla pasar tan orgullosa y elegante
por las calles del pueblo, sus vecinos
exclamaban admirados:

–Fijaos, por allí va Caperucita Roja.

Un día, la madre de Caperucita Roja pidió
a la niña que llevase a su abuela enferma
una cesta de pastelitos de crema.

–Pero ten mucho cuidado, hija –le advirtió
la madre–. En el bosque vive un lobo feroz
y muy charlatán. Por nada del mundo
te detengas a hablar con él; recuerda
que la abuela te estará esperando.

–No te preocupes, mamá –contestó Caperucita–.
Atravesaré el bosque muy deprisa. Y, si por
casualidad me encontrara con ese lobo latazo,
te prometo que no cruzaré ni una palabra con él.

A la mañana siguiente, Caperucita se levantó muy temprano. Se puso su capa roja, cogió la cesta con los pastelitos, se despidió de su madre y se marchó a casa de la abuelita enferma.

¡Qué hermoso estaba el bosque en primavera!

Caperucita adoraba el aroma de las flores y de la hierba verde y fresca. Miraba divertida a las ardillas, que saltaban de rama en rama, a los pájaros y a las mariposas que revoloteaban alegres sobre las flores...

Tan distraída estaba Caperucita que no advirtió la presencia del lobo, que hacía largo rato que la espiaba oculto tras un árbol.

Caperucita Roja se llevó un susto de
campeonato cuando vio salir al lobo de su
escondite y plantarse delante de ella.

–No temas, niña –le dijo el lobo feroz–.
Prometo que no te haré ningún daño. Lo
único que quiero es charlar un rato contigo.

–¡Ni hablar! –le contestó Caperucita,
mientras se disponía a continuar su camino.

–¡Por favor, espera! –le rogó el lobo–. ¡Dime al menos a quién llevas esa cesta de pastelillos!

"Qué lobo más pesado", pensó la niña.

Y deseosa de que la dejara en paz de una vez, Caperucita Roja le respondió:

–Los pasteles son para mi abuela, que vive al otro lado del bosque. Y ahora apártate de mi camino, lobo pesado. Debo llegar a casa de mi abuelita antes de que anochezca.

"Hum... La casa de la abuela no está muy lejos de aquí. Si me doy prisa, llegaré antes que Caperucita", pensó el lobo mientras veía alejarse a la niña por el sendero del bosque.

Y sin dudarlo un instante, el astuto animal tomó un atajo y echó a correr hacia la casa de la abuela de Caperucita.

En ésas estaba el lobo, cuando Caperucita Roja llegó a un claro del bosque que estaba repleto de margaritas, y daba la casualidad de que eran sus flores preferidas.

"Desde luego, estas flores son preciosas –pensó la niña–. Voy a hacer un gran ramo y se lo llevaré a la abuelita con los pastelillos".

Entonces, Caperucita recordó que no debía entretenerse, pues su abuela la estaba esperando.

Pero la niña se dijo: "Qué mal hay en hacer un ramo de flores para la abuelita. Además, no me llevará mucho tiempo".

Y haciendo caso de sus pensamientos, Caperucita empezó a hacer el ramo.

Entre tanto, el lobo feroz llegó presuroso a casa de la abuela y llamó suavemente a la puerta.

–Toc, toc, toc.

Al oír los golpes, la anciana, que hacía un buen rato que esperaba a su nieta, dijo:

–Pasa, querida, la puerta está abierta.

El lobo entró, pero se extrañó mucho al ver que la abuelita no salía a recibirlo; pues incluso los lobos feroces saben que es una muestra de buena educación recibir a las visitas en el salón principal de las casas.

–Querida, estoy en mi habitación guardando cama. Disculpa que no salga, pero es que tengo un catarro terrible –dijo la abuelita con una voz muy ronca.

–¡¡¡Ahhh!!! –gritó la abuelita cuando vio
aparecer por la puerta al lobo. ¡Tenía
la boca abierta y unas garras que parecían
cuchillos afilados!

La pobre abuelita, muy asustada, intentó
escapar; pero, antes de que pudiera salir
de la cama, el astuto animal se abalanzó
sobre ella y, de un gran bocado, la engulló
en un abrir y cerrar de ojos.

El lobo aún se relamía el hocico, cuando
se puso el gorro y las gafas de la abuela
y se metió en la cama a esperar a que
llegara Caperucita.

–¡Ja, ja, ja! ¡Qué gran idea he tenido! –aulló
el lobo satisfecho–. Cuando llegue Caperucita,
también me la comeré. ¡Menudo banquete!

En efecto, Caperucita Roja no tardó en llegar.
Venía muy contenta, con su ramo de margaritas
y la cesta de pastelillos.

Pero la sonrisa de la niña se borró de golpe
apenas entró en la habitación.

¡La abuela tenía un aspecto realmente
horroroso!

La niña, muy extrañada, se acercó entonces
a la cama y le dijo:

–Abuelita, ¡qué ojos más grandes tienes!

–Son para verte mejor, querida –le respondió
el lobo imitando la voz de la abuela.

–Abuelita, abuelita, ¡qué orejas más grandes
tienes! –siguió Caperucita.

–Son para oírte mejor –continuó el lobo.

–Abuelita, abuelita, ¡qué nariz
más grande tienes!

–Es para olerte mejor, querida
–respondió astutamente el lobo.

–¿Y esos dientes?, abuelita,
¿por qué tienes esos dientes
tan grandes y afilados?

–Son... para ¡comerte mejooor!

Y antes de que Caperucita pudiera
pedir auxilio, el lobo saltó sobre
la niña y se la tragó en un santiamén.

Después de comerse a Caperucita, el lobo
se quedó dormido en la cama de la abuela.
Fue cerrar los ojos, y comenzó a dar unos
ronquidos tan fuertes que parecían truenos
de una tormenta.

Pero la casualidad quiso que pasara por
allí un cazador que, alarmado por aquel
estruendo, entró en la casa de la abuela.

"Algo terrible debe de haber sucedido",
pensó el cazador cuando entró en la habitación
de la abuela y vio al lobo feroz con la barriga
hinchada y durmiendo a pierna suelta.

–¡Eh, lobo! ¡Vamos, despierta, levántate!
–le gritó el cazador muy enfadado.

¡Menuda sorpresa se llevó el animal cuando
vio al cazador apuntándole con su escopeta!

–¿Dónde está la abuelita? ¿Qué has hecho con
ella, condenado glotón? –le preguntó el cazador.

El lobo temía que el cazador disparase si no
respondía a sus preguntas. Y, con voz temblorosa,
se arrodilló ante él y confesó toda la verdad.

–Me he comido a la abuelita. Y también
a Caperucita, su nieta... Pero, por favor,
señor cazador, no me haga daño –suplicó
el lobo.

–¡Debería darte vergüenza! –le gritó el cazador–.
¿De verdad crees que está bien ir comiéndose
por ahí a la gente...?

Y antes de que el lobo pudiera responder,
el hombre sacó de su zurrón una pócima mágica,
hecha con flores silvestres del bosque, que tenía
el don de salvar a todas aquellas personas que
eran devoradas por los lobos feroces.

–¡Abre la boca! Bébete esto si no quieres
que te corte las orejas ahora mismo.

El lobo, asustadísimo, dio un trago a aquel
mejunje, y cuál fue su sorpresa cuando de su
barriga comenzaron a oírse unas voces que decían:

–¡Socorro, socorro, que alguien nos saque
de aquí, por favor!

¡Eran Caperucita y su abuelita,
que estaban dentro de la barriga del lobo!

En segundos, ante la sorpresa del lobo,
la pócima hizo su efecto y... ¡Zas!

¡Caperucita y la abuelita salieron de la barriga
del feroz animal!

–¡Estamos salvadas, estamos salvadas! –gritaban
muy contentas la abuela y Caperucita, mientras,
cogidas de las manos, bailaban y cantaban
con el valiente cazador.

Mientras, el lobo, tendido en el suelo y con
la cabeza dándole vueltas, no entendía nada
de lo que había sucedido.

Cuando el lobo se recuperó, el cazador lo cogió de una oreja y le dijo:

—Escúchame bien, lobo malo. No vuelvas a molestar a nadie de este bosque. De lo contrario, tendrás que vértelas conmigo. Y ya sabes lo que soy capaz de hacer con los lobos que andan por ahí comiéndose a las abuelas y a las niñas. ¿Lo has entendido bien? Y ahora márchate de esta casa. ¡Vamos, fuera de aquí!

El lobo, que las había pasado canutas con aquel cazador, salió disparado de la casa y se internó en el bosque. Nunca se le volvió a ver por allí.

Para celebrarlo, la abuela invitó a comer pastelitos a su nieta y al valiente cazador.

Y después de dar buena cuenta de aquella deliciosa merienda, Caperucita Roja se despidió de su abuelita y del cazador y regresó a su casa.

–¡Qué bien que estés aquí, hija! –exclamó la mamá al ver a Caperucita–. ¿Qué tal se encuentra la abuelita?

Y disimulando una pícara sonrisa, Caperucita Roja respondió:

–Mucho mejor, mamá, mucho mejor.

fin

Actividades

Cada **oveja** con su **pareja**

Une cada profesión con el dibujo que le corresponda.

Cazador	Pastelero	Florista	Fotógrafo

¿Quién lo ha dicho?

Relaciona el personaje con la frase que ha pronunciado. Para ello, escribe en el círculo en blanco el número que corresponda.

1. ¡Eh, lobo! ¡Vamos, despierta, levántate!

2. No temas niña, prometo que no te haré ningún daño.

3. Pasa, querida, la puerta está abierta.

4. ¡Qué capa más bonita!

¿Recuerdas?

(1) ¿Qué lleva Caperucita en la cesta para su abuelita?

☐ Una tortilla de patata.

☐ Un ramo de margaritas.

☐ Unos pastelitos de crema.

(2) De camino a casa de la abuela, Caperucita...

☐ Se detiene para hacer un ramo de margaritas.

☐ Recolecta frutos del bosque y los guarda en la cesta.

☐ Recoge piedrecitas en un río.

(3) ¿Quién encuentra al lobo durmiendo en casa de la abuela?

☐ Un campesino del lugar.

☐ Un cazador que pasaba por allí.

☐ La madre de Caperucita.

Ordena la historia

Como ya conoces la historia de Caperucita Roja, te será fácil enumerar las ilustraciones por el orden en que aparecen en el cuento.

¿Sabías qué...?
La expresión "meterse en la boca del lobo" significa "exponerse a un grave peligro". Eso es lo que le sucedió a Caperucita Roja... ¡precisamente con un lobo!

¡Vaya desorden!

Reconstruye las siguientes palabras que aparecen en el cuento, ordenando correctamente sus letras.

a p c a = _____

t s e a c = _____

l o f r s e = _____

o o b l = _____

¿Sabías qué..?
La mayoría de las razas de perros descienden del lobo. Por eso, ambas especies animales son tan parecidas tanto en su comportamiento como en su aspecto físico.

Palabras cruzadas

Escribe en las casillas correspondientes los nombres de los siguientes animales y objetos.

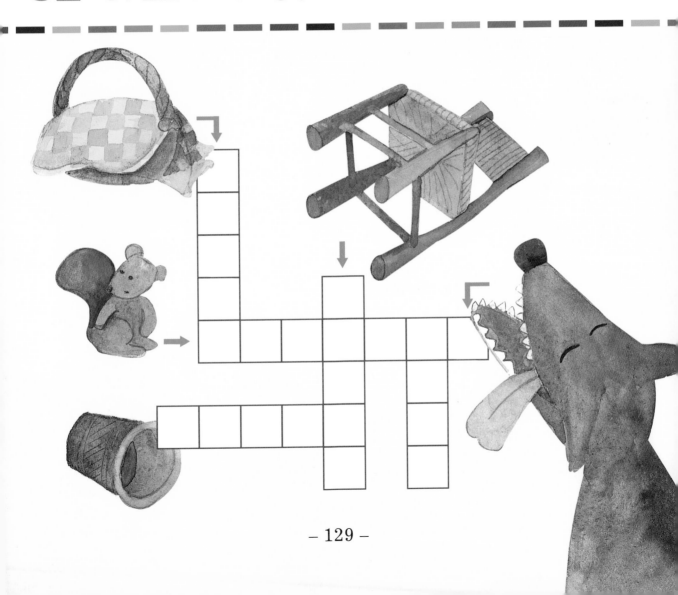

Completa

Al copiar este fragmento de la página 114 han volado algunas palabras rebeldes. ¿Puedes volver a colocarlas en su sitio?

–¡Eh, _____ ! ¡Vamos, despierta, levántate! –le gritó
el _____ muy enfadado.

–¡Menuda _____ se llevó el animal cuando vio al
cazador apuntándole con su _____ !

–¿Dónde está la _____ ? ¿Qué has hecho con ella,
condenado glotón? –le preguntó
el cazador.

abuelita

escopeta

lobo

cazador

sorpresa

El patito feo

Basado en el cuento de
Hans Christian Andersen

Ilustrado por Gerardo Baró

Era verano. La luz del sol doraba los campos de trigo y cebada. Zumbaban las abejas sobre las flores, que formaban alfombras de colores sobre prados y montañas. En todos sitios podía oírse el cric, cric de las chicharras.

Cerca de allí, en una vieja granja, una pata empollaba cinco huevos en un nido.

La futura mamá presentía que sus patitos no tardarían en nacer. Notaba cómo se movían dentro de sus cascarones.

Por fin, uno tras otro, los huevos comenzaron a romperse.

–¡Cuac, cuac! –decían los patitos asomando sus cabecitas a través del cascarón.

–¡Cuac, cuac! –les respondía su mamá.

Pero… ¿por qué aquel huevo grande y oscuro no acababa de romperse?

–¡Qué extraño! –dijo la madre–. ¿De dónde habrá salido?

–Debe de ser el huevo de un pavo –contestó una amiga de la pata–. Quizá alguien lo metió en el nido mientras dormías…

El misterio se resolvió enseguida. De aquel huevo grande y oscuro salió un polluelo grandote, algo torpe y bastante feo.

–¡Qué raro es! –exclamaron sus hermanos al verlo.

La madre reunió a sus cinco hijos y los llevó al estanque.

¡Qué alegría sintió mamá pata al ver lo bien que nadaba aquel patito cabezón y feúcho!

"La verdad es que no es muy guapo, pero es el que nada mejor. ¿Quién dirá ahora que es un pavo?", se dijo aliviada.

Después del baño, mamá pata fue a la granja para que los otros animales conocieran a sus hijos.

–Tienes unos patitos preciosos –exclamó el cerdo al verlos llegar–. Bueno, todos no. Ese de ahí es el pato más feo que he visto en mi vida –dijo señalando al polluelo cabezón.

–No será guapo, pero es muy bueno y cariñoso –respondió mamá pata muy ofendida.

–Pues aquí no nos gustan los monstruos –dijo una gallina presumida–. ¡Que se vaya!

–¡Eso, eso, que se vaya! –gritaron todos los animales a coro.

El pobre patito, asustado, fue a refugiarse bajo una de las alas de su madre.

Pensó: "Soy tan feo que nadie me quiere. Lo mejor será que me vaya...".

Y esa misma noche, el patito abandonó la granja.

Después de caminar varias horas, el patito feo llegó a un pantano.

Pensaba que sólo encontraría libélulas y ranas, pero... ¡vaya sorpresa! Nada más pisar la orilla, oyó un chapoteo que le resultó familiar.

–¡Son patos salvajes! –gritó muy contento–. A lo mejor querrán ser mis amigos.

Ni corto ni perezoso, el patito se acercó donde estaban aquellas aves.

–Pero, bueno, ¿de dónde sales tú? –exclamó el jefe de la bandada cuando lo vio–. No pretenderás que seamos amigos de alguien tan feo como tú...

Y después de burlarse un buen rato de él, los patos salvajes echaron a volar.

El patito feo no pudo dormir en toda la noche. ¿Por qué aquellos patos salvajes se habían comportado así? ¿Qué daño les había hecho? ¿Es que todos los seres de este mundo eran tan crueles como los animales de su granja?

Amaneció. El patito observaba con mucha atención a dos gansos que hacía rato revoloteaban alegres sobre el pantano.

De pronto, un ruido espantoso rompió el silencio de la mañana.

–¡Bang, bang!

¡Una cacería en el pantano!

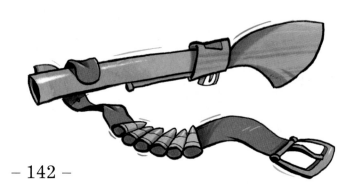

El patito feo fue a esconderse entre los juncos.
El pobre estaba tan asustado que no se dio
cuenta de que un perro de caza había seguido
su rastro. Y allí estaba, justo delante de él.

Al verlo tan grande, con aquella bocaza llena
de dientes, el patito se echó a temblar.

El perro lo olisqueó y se quedó un rato
mirándolo con curiosidad. Y después de unos
minutos, que al patito le parecieron siglos,
el perro se fue de allí sin hacerle ningún daño.

El patito respiró aliviado.

"Soy tan feo que ni siquiera los perros
quieren comerme", pensó.

El patito esperó a que los cazadores y sus perros se fueran para salir de su escondite y huir del pantano. Volvía a estar solo.

Decidió caminar sin rumbo. Lo hizo durante mucho tiempo, hasta que en su camino se topó con una vieja cabaña que parecía abandonada.

"Pasaré aquí la noche –se dijo–. Las patas me duelen mucho y estoy agotado."

El patito no lo pensó dos veces. Abrió el portón de la cabaña con una de sus alas y se acostó sobre un montón de paja seca. Al instante se quedó dormido.

Pero aquella casa no estaba abandonada. Muy de mañana, una gallina y un gato descubrieron al patito. Los tres animales formaron tanto revuelo que llamaron la atención de la dueña, una viejecita que no veía bien.

–¡Qué suerte he tenido! –exclamó la mujer al ver al patito–. Si pones muchos huevos, podrás quedarte en mi casa.

De modo que colocó al sorprendido patito sobre un nido de paja.

Pero todas las mañanas el nido del patito aparecía vacío. Y todas las mañanas la viejecita regañaba al patito por no poner huevos.

Hasta que, un día, el patito decidió decirle la verdad a la anciana.

–Verá, buena señora… Yo no puedo poner huevos porque no soy una pata. Lo único que sé hacer bien es nadar y bucear.

–¡De modo que me has engañado! –gritó la anciana con muy malas pulgas–. ¡Fuera de mi vista, holgazán!

Y el patito feo tuvo que abandonar la cabaña de la anciana.

Llegó el otoño. Caían las hojas de los árboles, y el viento las hacía girar en remolinos.

¡Qué solo se encontraba el patito! ¡Cuánto echaba de menos a su mamá y a sus hermanos!

Un día, vio una bandada de aves que surcaba el cielo en busca de las cálidas tierras del sur. Tenían el cuello largo y esbelto. ¡Eran cisnes!

El patito notó una sensación extraña. Como si aquella escena la hubiera soñado mucho tiempo antes.

"¡Ah, si pudiera volar con ellas! –pensó con tristeza–. Pero ¿cómo van a aceptar a alguien tan feo como yo?"

El otoño dio paso al invierno. Nevaba. Poco a poco, el mundo se cubrió con un espeso manto blanco.

Una gran tormenta de viento y nieve sorprendió al patito mientras nadaba en un estanque. Movía sus patitas con dificultad y daba vueltas en el agua para no congelarse.

¡Apenas tenía fuerzas para seguir nadando!

La casualidad quiso que un labrador que pasaba por allí rescatara al patito del hielo. El pobre animal estaba medio congelado. Pero aquel buen hombre lo estrechó contra su pecho para darle calor y se lo llevó a casa.

El patito fue recibido con alegría por la esposa y los hijos del labrador.

Y gracias a sus cuidados, el animalito se recuperó muy pronto.

Cierto día, los niños de los campesinos quisieron jugar con su nueva mascota. Pero al patito feo no le hacían ni pizca de gracia las travesuras, y echó a correr por la casa.

¡Menudo lío se armó! En su alocada carrera, el animal entró en la cocina y derramó un jarro de leche.

Cuando la madre de los chavales vio aquel estropicio, se echó las manos a la cabeza. Asustado por los gritos que daba aquella mujer, al pobre patito no se le ocurrió otra cosa que esconderse en un saco de harina y, claro, acabó ensuciando toda la casa.

–¡Ven aquí, pato revoltoso! –gritaba la mujer–. ¡Cuando te coja, acabarás en la cazuela!

El patito escapó a la carrera de aquella casa de locos.

No tardó en notar otra vez el frío del invierno. Tiritando, cubierto de nieve, con las plumas casi congeladas, encontró la madriguera de un viejo tejón.

"Es mi última oportunidad", pensó.

El patito feo entró en aquella cueva y se acurrucó sobre el peludo cuerpo del animal.

Y allí, protegido y calentito, nuestro amigo se quedó profundamente dormido.

El patito despertó de su largo sueño. De puntillas, abandonó la madriguera para no despertar a su amigo el tejón. Una vez afuera, comenzó a batir sus alas, que durante ese tiempo habían crecido y se habían hecho más fuertes, y echó a volar.

Llegó a un maravilloso jardín. Podían verse miles de flores de vivos colores, mientras los pájaros cantaban sin parar. En los árboles, las ardillas jugaban a perseguirse. Había llegado la primavera.

El patito descubrió allí tres cisnes que nadaban majestuosamente por el agua del estanque.

"Soy tan feo que esas aves me matarán a picotazos. Pero no me importa. Me meteré en el estanque y me acercaré a ellas", pensó el animal.

El patito se lanzó al agua y nadó hacia los cisnes con la cabeza agachada, sin atreverse a mirarlos a la cara.

Pero... ¡Un momento! ¿Qué era esa imagen que se veía en el agua?

El agua devolvió el reflejo, y lo que el patito vio fue... ¡la imagen de un cisne blanco!

Sí, durante el largo invierno, aquel patito feo
y desgarbado se había convertido en un hermoso
cisne, el más bello y elegante de cuantos había
en el estanque.

–¡Eh, fijaos, hay un cisne nuevo en el estanque!
–gritaron unos niños desde la orilla.

Al oír el griterío de los chicos, la gente que
paseaba por el jardín se agolpó en la orilla
para admirar la belleza del nuevo cisne.

Y así fue como, después de vivir intensas
aventuras, aquel pobre animal, al que todos
habían despreciado por ser distinto,
nunca más volvió a sentirse triste ni solo.

"Quién me iba a decir a mí cuando era un patito
feo que algún día sería tan feliz", pensó desde
lo más profundo de su corazón.

fin

Actividades

El lenguaje de los animales

Oink, oink

Cuac, cuac

Muuú

Cocorocó

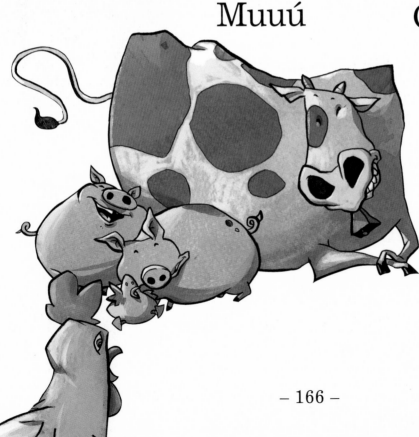

Una adivinanza
Por un camino oscuro
va caminando un bicho.
Y el nombre de ese bicho
ya te lo he dicho.
¿Qué animal soy?

– 166 –

¿Quién lo ha dicho?

Relaciona el personaje con la frase que ha pronunciado. Para ello, escribe en el círculo en blanco el número que corresponda.

1. Pero, bueno, ¿de dónde sales tú?

2. "Pero ¿cómo van a aceptar a alguien tan feo como yo?".

3. ¡Fuera de mi vista, holgazán!

4. ¡Ven aquí, pato travieso!

¿Recuerdas?

No te será difícil contestar a estas preguntas si has prestado atención al cuento. Marca con una cruz la respuesta correcta.

(1) ¿Qué hace el perro al encontrarse al patito?

☐ Le dice que le gustaría ser su amigo.

☐ Lo olisquea y lo mira con curiosidad.

☐ Lo captura y se lo lleva a los cazadores.

(2) ¿Quién vive en la vieja cabaña?

☐ Unos gansos que se burlan del patito.

☐ Un perro de caza.

☐ Una anciana, con un gato y una gallina.

(3) ¿Cómo descubre el patito que es un cisne?

☐ Ve reflejada su imagen en el agua.

☐ Se lo dicen los cisnes que nadan en el estanque.

☐ Se lo dice el labrador que lo rescata de la nieve.

Ordena la historia

Como ya conoces la historia del patito feo, te será fácil numerar las ilustraciones por el orden en que aparecen en el cuento.

Encuentra las letras

Escribe las letras que faltan para completar el nombre de cada uno de las animales que aparecen en esta página.

l_ bé_ _ la

g_ _ o

_ _ rr_

_ rdi_ _ a

Lección de anatomía

Escribe en el recuadro que corresponda estas 5 partes de un pato: **PICO**, **ALA**, **COLA**, **PATA** y **OJO**

¿Sabías qué...?
El pato, la gallina y el pavo, como todas las demás aves, no tienen ningún pelo. Solo tienen plumas.

Completa

Después de caminar varias horas, el _____ llegó a un _____.

Pensaba que sólo encontraría libélulas y _____, pero... ¡vaya sorpresa! Nada más pisar la orilla, oyó un _____ que le resultó familiar.

–¡Son _____ salvajes! –gritó muy contento–. A lo mejor querrán ser mis amigos.

patito feo   ranas

patos   pantano

chapoteo   – 172 –

Soluciones

La Bella Durmiente

■ Página 40

Apuesto príncipe, **Bella** princesa,
Tierno beso, **Feliz** pareja

■ Página 41

	1			2			
1	P	R	I	N	C	E	S	A
	R				I			3
	I		2	R	E	I	N	A
	N				N			G
	C							U
	I							J
	P			3	H	A	D	A	S
	E							

■ Páginas 42-43

(1) Que la princesa se pinche con una aguja y muera **(2)** Duerme durante cien años **(3)** Ordena quemar todas las agujas del reino **(4)** El hada malvada **(5)** Para que duerman cien años como la princesa **(6)** Besando la mano de la Bella Durmiente

■ Página 44

1. El **jabalí** es un animal **salvaje**
2. El **cerdo** es un animal **doméstico**
3. El **perro** es un animal **doméstico**
4. La **serpiente** es un animal **salvaje**
5. El **gato** es un animal **doméstico**

■ Página 45

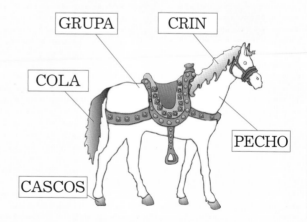

GRUPA   CRIN

COLA

CASCOS

PECHO

El gato con botas

Página 82

rugido, molino, marqués, gato

Adivinanza: **el gato**

Página 83

Página 84

(1) Un molino. **(2)** En un león.
(3) Dos conejillos.

Página 85

			2				
	1	C					
1	B	O	T	A	S		3
	G	R				L	
	R	A	3	R	E	Y	
	O	B			O		
	2	R	A	T	O	N	
		S					

Página 86

De izquierda a derecha y de arriba
abajo: **5, 1, 2, 6, 4, 3**

Página 87

2, 3, 6

Caperucita Roja

■ Página 124

| Cazador | Pastelero | Florista | Fotógrafo |

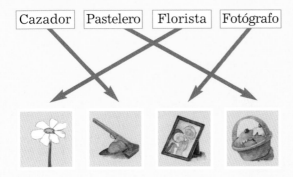

■ Página 125

■ Página 126

(1) Unos pastelitos de crema
(2) Se detiene para hacer un ramo de margaritas **(3)** Un cazador que pasaba por allí.

■ Página 127

De izquierda a derecha y de arriba a abajo: **2, 4, 1, 3**

■ Página 128

capa, cesta, flores, lobo

■ Página 129

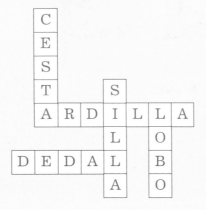

El patito feo

■ **Página 166**

Adivinanza: **la vaca**

■ **Página 167**

■ **Página 168**

(1) Lo olisquea y lo mira con curiosidad.
(2) Una anciana, con un gato y una
gallina. **(3)** Ve reflejada su imagen
en el agua.

■ **Página 169**

De izquierda a derecha y de arriba
a abajo: **4, 5, 3, 2, 6, 1**

■ **Página 170**

libélula, gato, perro, ardilla

■ **Página 171**

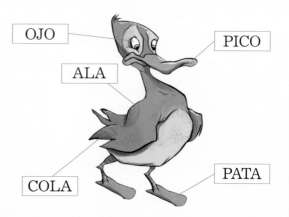

OJO · PICO · ALA · COLA · PATA

Un patrimonio que transmitir

El acompañamiento de nuestros hijos en sus primeros años de vida es lo más difícil y, al mismo tiempo, lo más gratificante que tiene la aventura de ser padres.

Dotarles de los medios materiales que necesitan: vestido, alimentación, etc., requiere esfuerzo, pero formarlos exige nuestra implicación personal.

Al ser esta tarea un diálogo continuo, a veces cuestiona nuestra manera de actuar; por otra parte, nuestra forma de orientarlos choca a menudo con los comportamientos que propone la sociedad o los medios de comunicación, que no siempre actúan como nuestros aliados.

La transmisión de valores en la primera infancia no se hace ni con reflexiones racionales ni con imposiciones o castigos. Se inculcan por cercanía emocional.

Cualquier forma autoritaria está condenada

al fracaso porque ni crea la complicidad del afecto ni conecta con la sensibilidad social más generalizada. Muchas de las mejores *lecciones* de vida están implícitas en los cuentos clásicos en muchos de los cuales los animales son protagonistas. Desde muy pequeños los niños se identifican con ellos y van interiorizando los comportamientos de los animales humanizados que aparecen en los cuentos.

Los pequeños se sienten fascinados por ellos. Son seres que están a su altura, se mueven, juegan, se dejan tocar y agarrar.

Por algo la industria de la animación los ha convertido en protagonistas de sus historias. Este fenómeno ha incrementado su potencial educativo porque los niños los ven en la pantalla que es un lugar de prestigio. El mismo papel juegan las ilustraciones de los libros. Tampoco es ajeno a esta fascinación el hecho de que los animales se hayan convertido en sus juguetes favoritos o sus mascotas.

En este libro se reúnen cuatro cuentos
clásicos. En dos de ellos los animales
son protagonistas: *El gato con botas,*
de Perrault, *El patito feo,* de Andersen.
Los otros dos son los imprescindibles
La Bella Durmiente y *Caperucita Roja.*
A través de lo que se cuenta de ellos podemos
transmitir a los niños lecciones de vida difíciles
de inculcar mejor a esta edad por otros cauces.
Todos ellos se han convertido en clásicos porque
son bellas historias que nos emocionan y porque
expresan algunas de las preocupaciones, ilusiones
y miedos comunes a muchos niños.
Nada mejor que utilizar estos cuentos para ayudarles
en sus primeros pasos como lectores. El texto es una
adaptación muy sencilla del cuento, con palabras
y frases muy simples.
Los niños pueden leer los cuentos como lectura
silenciosa o en voz alta. Es el momento de estar
a su lado para leer con ellos. De que esta actividad
resulte gratificante puede depender su buena

disposición para iniciar con buen pie el proceso de aprendizaje y, a la larga, su éxito escolar.

Las actividades que se proponen a continuación en forma de juegos: descubrir determinadas palabras, reconstruir la secuencia narrativa ordenando imágenes, construir un diálogo con las frases e ilustraciones que se dan previamente, completar una palabra a partir de las letras que se encuentran desordenadas, recitar adivinanzas, etc., les divertirán y entretendrán. Al participar en ellas con entusiasmo les estamos trasmitiendo que eso no es un juego de niños sino algo que también nos importa a los adultos. Poniéndoles en sus manos estos cuentos, además de proporcionarles un camino de aprendizaje, nos acercamos a sus intereses en el momento en que van haciendo los primeros descubrimientos. Esa cercanía a ellos y a sus intereses crea una complicidad afectiva que nos va a posibilitar una relación rica y duradera.

Índice

La Bella Durmiente   7

El gato con botas   49

Caperucita Roja   91

El patito feo   133

Soluciones   175

Un patrimonio que transmitir   181